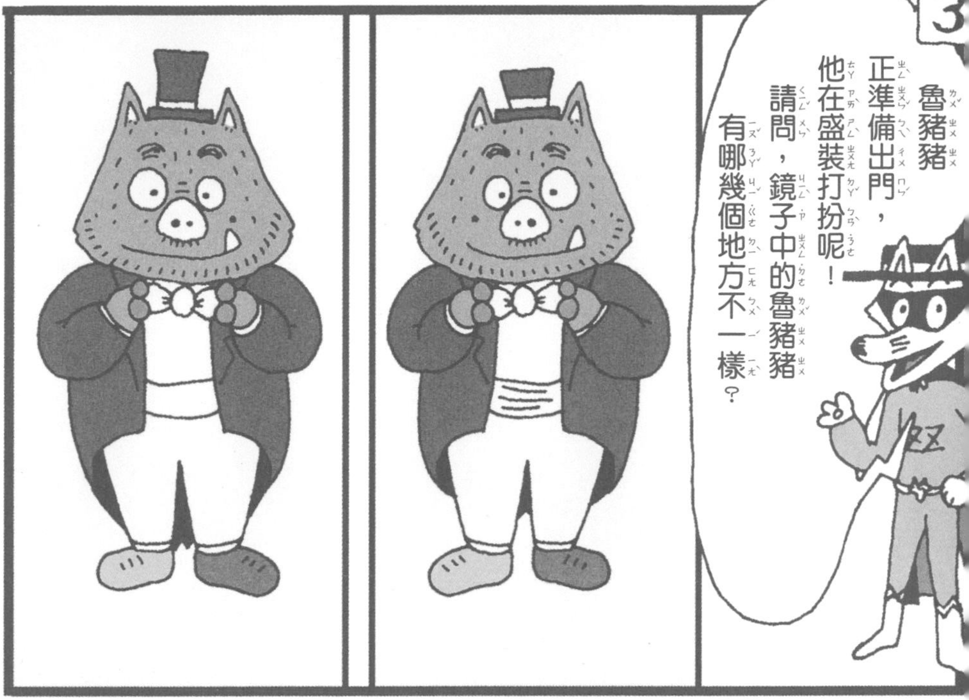
3
魯豬豬正準備出門，
他在盛裝打扮呢！
請問，鏡子中的魯豬豬
有哪幾個地方不一樣？

絕對
不可以先偷看答案喔！

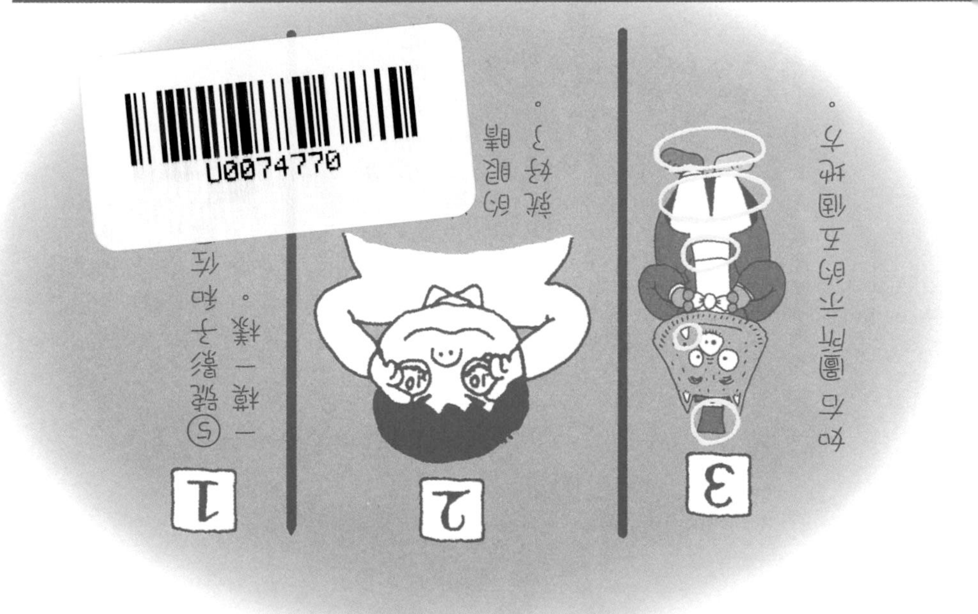
3
如右圖所示的五個地方。

怪傑佐羅力ㄉㄜ悠哉悠哉暖呼呼溫泉ㄉㄜ旅行
文 佐羅力
每次、每次、每次我都被捲入各式各樣的事件，真是累死人了。
對啊，我都快累癱掉了。不知道佐羅力大師有沒有什麼好方法可以解決？
好，那就看我的。這一次，我們要瞞著作者，把書名改掉，好好放鬆一下。你們覺得這個書名怎麼樣？嘻嘻呵呵。
怪傑佐羅力之名偵探登場
文·圖 原裕 譯 王蘊潔

太棒了！
溫泉是消除疲勞的好地方！
身上的髒東西
心靈的汙垢
都可以一次清光光
溫泉！
溫泉天堂
溫泉樂園
身體和心靈都染上
櫻花般的色彩
自由自在　悠哉悠哉
通體舒暢
溫泉　溫泉
我們去溫泉

啊呀，真傷腦筋啊～我原本想要用這個書名寫故事的。
怪傑佐羅力之名偵探登場
文・圖 原裕　譯 王蘊潔

嘿吼嘿吼嘿嘿吼

佐羅力他們決定去洗溫泉，
一路上精神抖擻的唱著歌。
突然，有一隻地鼠經過，
不小心把一張傳單
掉在地上。
伊豬豬發現了，
立刻把那張傳單撿起來……

……發現傳單上寫著這樣的內容：

歡迎來到心靈的故鄉
喵喵溫泉
獅子溫泉旅館
這位是獅子溫泉旅館的老闆
在此恭候各位大駕光臨！
沒想到在這麼偏僻的深山裡，竟然有如此高級豪華的旅館……
溫泉的熱水從極致奢華的黃金獅子口中源源不斷的湧出來，療癒您的身體。
此地不可錯過的景點
獅子頭像，是用純金打造的。
眼睛上的鑽石足足有一百克拉。
獅子的鼻子是以祖母綠製成。珍貴的獅子頭像價值總計超過三億圓！！
全身浸泡在溫泉裡，讓身體充分放鬆，一邊看著金光閃閃的獅子頭像，您會覺得，自己就像是一位億萬富翁。
這麼豪華的設備可不是隨便哪裡都有的。
您若是不親眼來見識就太可惜了。
喔，沒想到能撿到這麼棒的傳單。本大爺一眼就中意這座溫泉。決定了，咱們就去這家！

佐羅力打算到這家溫泉旅館去，
好好的泡個澡舒服一下，
離開的時候再順手牽羊，
把黃金獅子偷回家。

「既可以消除疲勞，又可以得到寶物，
這就是所謂的一石二鳥啊，嘻嘻呵呵。」

佐羅力的心情好得不得了，
但是，那張傳單上並沒有寫旅館的地址。

「喂，趕快去追那隻地鼠。」

小知識專欄

一石二鳥

● 這句成語的意思是：丟出一塊石頭，打中了兩隻鳥，代表一次得到兩個好處。

那隻地鼠正在公車站等公車。

「喂，請問你是不是要去這家溫泉旅館度假呢？」佐羅力拿出傳單問地鼠。

「不，我不是去度假的，不過我會路過那家溫泉旅館，可以順路帶你們過去。」

這隻親切的地鼠名叫鼠帝，

他說他受到某家飯店的委託，
特地來這一帶工作，
為了調查、探勘，
尋找哪裡有新的溫泉，
他是專門尋找溫泉的專家。

他們四個人站在公車站
聊天聊得很開心，
這時，前往喵喵溫泉的公車
從遠處緩緩駛來。

公車發動後，一路往深山裡行駛。鼠帝在公車上告訴了他們很多事。
我的客戶計畫在這座山裡建造一家溫泉飯店。
他命令我無論如何，都一定要挖到溫泉。
因為，如果找不到溫泉的話，這個計畫就泡湯了。
我的責任可是很重大的啊。哞呵呵呵呵。

你要用這些工具來找溫泉嗎？
喔，這個嘛，這可以用來打碎岩石，也可以調查泥土的情況。
只要有我鼠帝在，百分之一百絕對可以找到溫泉。
你可真有自信啊！
真不愧是專家呀！
他們足足搭了五個小時的公車，終於抵達喵喵溫泉。
啊呀啊呀，我原本打算繼續往山裡走，沒想到天色已經這麼暗了。算了，我就先在這裡住一晚吧。
歡迎光臨
喵喵溫泉

他們下了公車，
立刻看到獅子溫泉旅館
亮閃閃的霓虹燈。
「來，我們一起去
住那家旅館吧。」
佐羅力對鼠帝說。
「抱歉，我是來工作的，
所以，得住隔壁的
平價旅館。

不瞞三位，其實我身上
沒什麼錢。哞呵呵呵呵。」
鼠帝不好意思的笑了起來，
佐羅力差一點也脫口告訴他說：
「不瞞你說，
我們身上也沒錢。
我們打算好好休息之後，
再偷偷溜走。」
但他及時用手摀住了嘴巴。

鼠帝臨走時，
大聲的對他們說：
「三位，我告訴你們喔，
這裡的溫泉饅頭
又大又好吃，
你們回去的時候，
記得買一些當作伴手禮喔。」
「這個人真親切。」
「對啊，我好想吃吃看。」

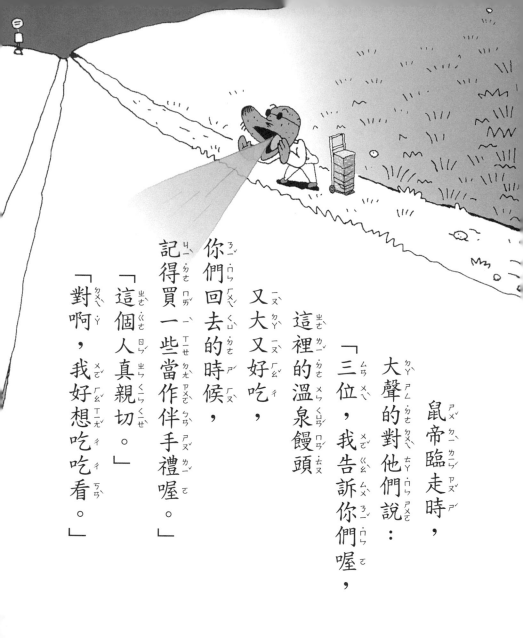

貪吃鬼伊豬豬
和魯豬豬咕嚕一聲，
把口水吞了下去。
但是，佐羅力忍不住
在心裡想：
（不好意思，本大爺早就決定，
要拿那個純金的獅子當伴手禮了。）
然後，他們三人一起走進了
獅子溫泉旅館。

歡迎光臨喵！
超人氣
黃金獅子溫泉
喂、喂，怎麼是你這隻小貓出來招呼客人，可見得你們真的很缺人手。
哼！你真沒禮貌。我是這家旅館主人的兒子小喵，也是這家旅館的繼承人！現在剛好放暑假，所以回來店裡幫忙。

嘻嘻呵呵，很好、很好。既然是小孩子，應該會很好騙，可以放心啦。窸窸窣窣。
喂，小鬼，我們幾個還沒有決定到底要不要住在你們這家旅館。
………

我們打算先看一看你們旅館最引以為傲的黃金獅子之後，再決定要不要住下來。
請進，請進。我保證，只要你們看到那隻獅子，就會被它的美麗吸引，一定會想住在這裡的，喵。來吧，請跟我來。

●只要身上攜帶任何金屬物品，一經過這裡，警鈴就會馬上響起，通知山腳下的警察。
●所以，如果想帶著鐵鎚或是鑿子進去偷獅子，或是用任何方法想把黃金獅子帶出去，一定會馬上被抓住！
前往獅子溫泉的出入口裝了金屬探測器
這裡呢，就是獅子溫泉了，喵。為了避免黃金獅子被人偷走，所以特別加強警戒。
獅子溫泉湯屋
扇門裡 是 泉湯屋。
黃金獅子就在這裡面。
不用說，這名警衛會在警察趕到之前，就把小偷抓住。
任何人只要帶著金屬物品往裡面走一步，警鈴就會大聲響起。
他看起來力大無比耶。

泡溫泉須知
一 請先將身體沖洗乾淨之後，再進入浴池內泡澡。
二 請勿將毛巾帶入浴池內。
三 請勿攜帶食物或飲料進入。
四 請勿在浴池內小便。
五 泡澡時，請勿在浴池內洗衣服。
六 入內泡澡時，請務必遵守以上規定。
獅子溫泉主人
喂喂，只不過是泡個溫泉而已，幹麼這麼大費周章啊？
這上面所寫的規定是泡溫泉必須遵守的規則，請你們務必一定要遵守，喵。來吧，我帶你們進去參觀吧。

小喵一打開通往浴池的門，
就在這時，
「啊呀！」
熱騰騰的蒸氣中，
有一隻河馬，
抱了一個滿是肥皂泡的臉盆，
從湯屋裡衝了出來。
「喂，這位客人，
你要先把肥皂泡沖乾淨，

才能進浴池泡澡啊，
這樣怎麼行，喵——」

小喵正準備去追那隻河馬，
佐羅力很不耐煩的對他說：

「喂，你不是要帶我們去看
黃金獅子嗎？
我看，
我們不要住這裡算了。」

「啊，對不起，請往這裡走，喵……」

看到了，終於看到了。
就在岩石浴池的深處，
有一個獅子頭像閃閃發亮，
還有兩顆大大的鑽石眼睛。
從獅子的嘴裡不斷吐出溫泉水。

這個溫泉，對於治療
風濕痛、腰痛和香港腳都很有幫助。
泡了之後，皮膚也會變得
光滑溜溜，包括……在內，
還有這樣、那樣等等的功效……

佐羅力根本
沒在聽小喵介紹的
溫泉功效。

嗚嘻嗚嘻嗚嘻，
真是太棒了！
既可以讓身體好好休息，
又可以有這麼美麗的東西欣賞，
簡直太美妙了！
美得冒泡啦！
好，本大爺喜歡這裡，
就決定住下來了。
來吧，
趕快帶我們去房間。

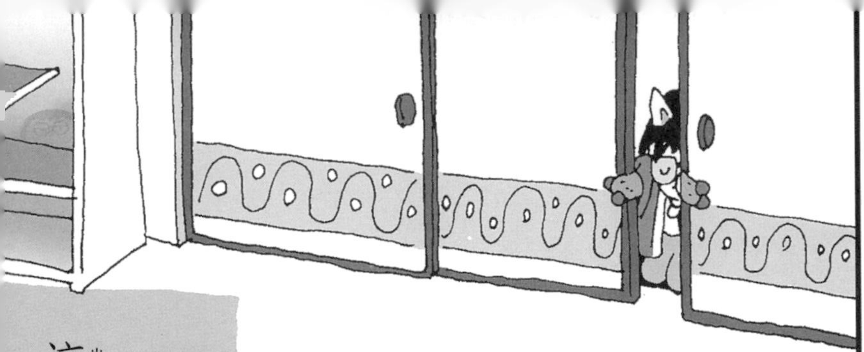

佐羅力三人跟著小喵來到房間後，立刻換上了浴衣。

「佐羅力大師，真是做夢都沒有想到，在這種荒郊野外的深山裡，居然可以發現寶物。」

「對啊，即使保守估計，這個獅子頭像，也絕對超過

兩億圓。」

「我們要怎麼把這個寶物帶回家呢？」

「反正，先去舒舒服服的泡個澡，再來慢慢思考這個問題。嘻嘻呵呵呵嘻嘻。」

三個人笑得合不攏嘴，一手拿著毛巾，走出了房間，準備去泡黃金獅子溫泉。

三個人在入口處
接受檢查，
我們進去囉！
很好，
沒有異常。
請進吧。
接著立刻到
更衣室脫衣服，
光著身體——

——衝向溫泉浴池。
嘖，怎麼已經有人
在泡了？

你好，啊呀，這隻獅子看起來可真壯觀啊。
可不可以也讓我們一起欣賞呢？
啊！
原本正在浴池裡泡溫泉的胖豬突然全身沉入了水裡。
他溺水了嗎？
噗咕
噗咕
噗咕
咦？
他、他沒事吧？

咕！啪！
就在下一秒，那隻胖豬又突然從水裡冒了出來……
噗～哈！
我啊，看著黃金獅子，看著看著，看得都有點頭暈了。我看差不多該起來了。那我先走了。
胖豬說完，

就急急忙忙的離開溫泉浴池。

「我覺得這家旅館的客人好像都有點怪怪的。算了，不管這麼多了，反正沒有其他人，對我們更有利。」

佐羅力他們立刻著手查看黃金獅子。

為了把獅子拿下來，
他們用力拉扯——
嗚
滑～
哐
用力踩——
咔
咔
×××
痛～
痛～
用牙齒咬——
他們嚐試了
各式各樣的方法，
但還是怎麼樣都
拿不下來。

「如果有鐵鎚或是鑿子，應該可以把獅子敲下來。」

「伊豬豬，你少說廢話了，如果帶這種東西進來，在門口就會被警衛攔下來。」

伊豬豬和魯豬豬你一言、我一語的吵起架來，佐羅力卻顯得很鎮定。

「沒關係，反正我們有很多時間，不必著急。」

佐羅力一聲令下，
三人全跳入池裡，
他們決定
先好好泡溫泉，
再慢慢思考
偷走黃金獅子的
好方法。

回到房間後，
桌上已經
擺滿了
各式各樣
豐盛的料理。
大口吃
大口吃
哇哈哈
大口吃
好久沒有
這樣大口
吃美食了

就在他們吃飽喝足之後，
這段時間以來，
長途旅行所造成的疲勞，
一下子爆發出來，
他們的眼皮愈來愈重，
三個人在不知不覺中睡熟了。

沒想到，
睡到半夜的時候……

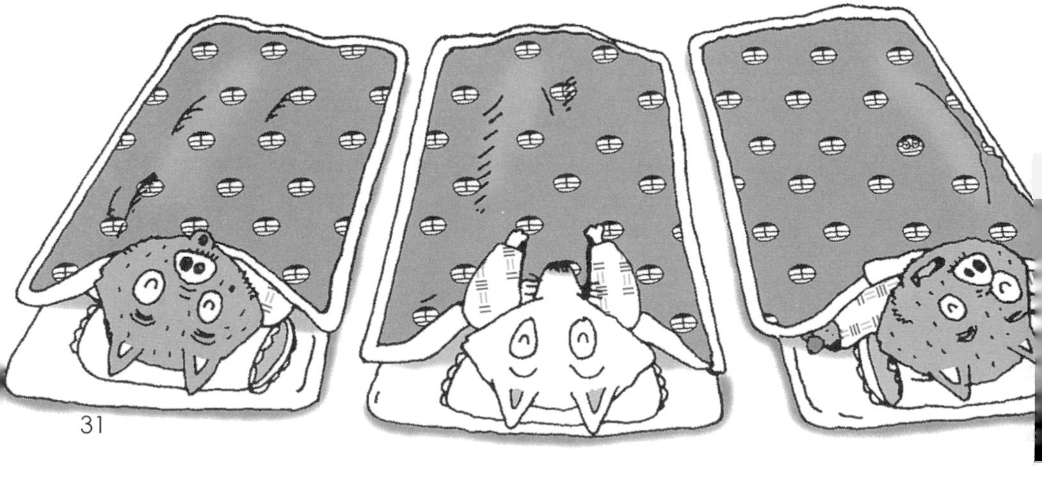

啊，
黃金獅子啊……
嗚嘻嘻嘻，
給我吧，
給我吧。
只要賣掉
黃金獅子，
就可以建造
我夢寐以求的
佐羅力城堡……

佐羅力大聲說著夢話，把睡夢中的伊豬豬和魯豬豬吵醒了。

「佐羅力大師一定非常非常想要那個黃金獅子。」

「好，那我們兩個就趁今天晚上，

把黃金獅子拿到手，讓佐羅力大師高興一下。」

魯豬豬說完，

把鐵錘塞進嘴裡藏了起來。

「即使遇到金屬探測器，

只要說我裝了金假牙

就可以矇混過去。」

「有道理，你真聰明。」

伊豬豬和魯豬豬躡手躡腳的走出房間，

以免把佐羅力吵醒了。

他們來到獅子溫泉一看，發現清掃的大叔正拿著鑰匙鎖門。
對不起，我睡不著，想再到這裡來泡泡澡。
泡湯時間
已經結
垃圾

不、不行。這裡到明天早上之前都要關閉。金屬探測器已經關了，熱水也關掉了，所以不能泡澡了。明天再來吧。
泡湯
垃圾

可不可以通融一下？
不行，不行，我說了不行，就是不行。
泡湯時間已經結束
垃圾
悄悄的
伊豬豬故意和大叔說話，分散他的注意力，魯豬豬趁機悄悄的溜進了獅子溫泉湯屋。
你這個人真囉嗦，總之，不可以讓你進去……不行，絕對不行！
獅子溫泉湯屋
泡湯時間已經結束
咔鏘
垃圾
大叔將巨大的鑰匙用力一轉，把門鎖住，然後，就轉身離開了。
垃圾

走廊上靜悄悄的，只聽到卡嚓一聲，門從裡面打開了，魯豬豬從裡面探出腦袋。

「嘿嘿嘿，一切順利。」

伊豬豬說完，魯豬豬從嘴裡拿出了鐵錘。

「我們用鐵錘把岩石敲開，黃金獅子就是我們的了。」

「我可以想像佐羅力大師

眉開眼笑的樣子。」

伊豬豬好不容易爬上岩石，指著黃金獅子的噴泉口，說：

「來吧，魯豬豬，你用鐵錘用力敲這個地方。」

他同時用腳咚咚咚的用力踢著黃金獅子。

沒想到發生了令人意外的事。

伊豬豬在緊要關頭抓住了獅子頭像，
忍不住納悶的說：
「獅子原本黏得那麼牢，
為什麼一下子就掉下來了？」

那個黃金獅子晃了一下，竟然，從岩石上脫落，然後掉下去了。
啊！
抓住
啪西

「不過，這樣不是很好嗎？
省了我們不少工夫！」
「你說得有道理。」

哇哈哈哈哈哈哈

他們兩個放聲大笑起來。
就在這時，

嘎啦嘎啦嘎啦——
湯屋的門打開了……

……小喵從打開的門縫中走了進來。

原來，他半夜起來上廁所，聽到獅子溫泉湯屋裡似乎有什麼動靜，所以特地過來查看情況。

結果，剛好看到伊豬豬和魯豬豬拿著黃金獅子站在那裡。

「有、有小偷。有人要偷我們的黃金獅子。」

小喵說完之後，毫不猶豫的按下了警鈴。

鈴鈴鈴鈴鈴鈴鈴—

聽到警鈴的聲音，住在溫泉旅館的客人都紛紛聚集過來。

佐羅力當然也在其中。

「爸爸，你聽我說，這兩個人想要偷走我們珍貴的黃金獅子。」

小喵向溫泉旅館的老闆——喵嗚告狀，佐羅力在一旁聽到了。

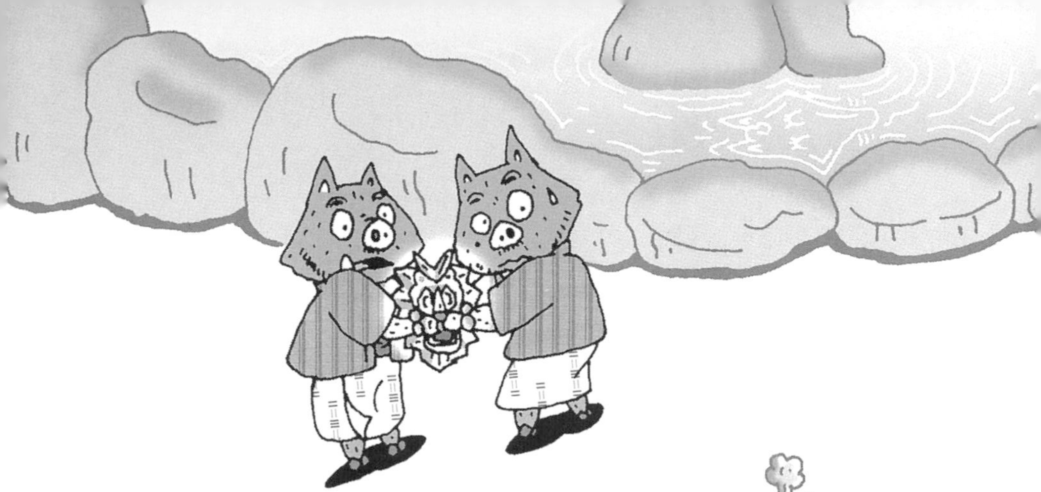

他拔腿跑了過來，一路衝到伊豬豬和魯豬豬面前。

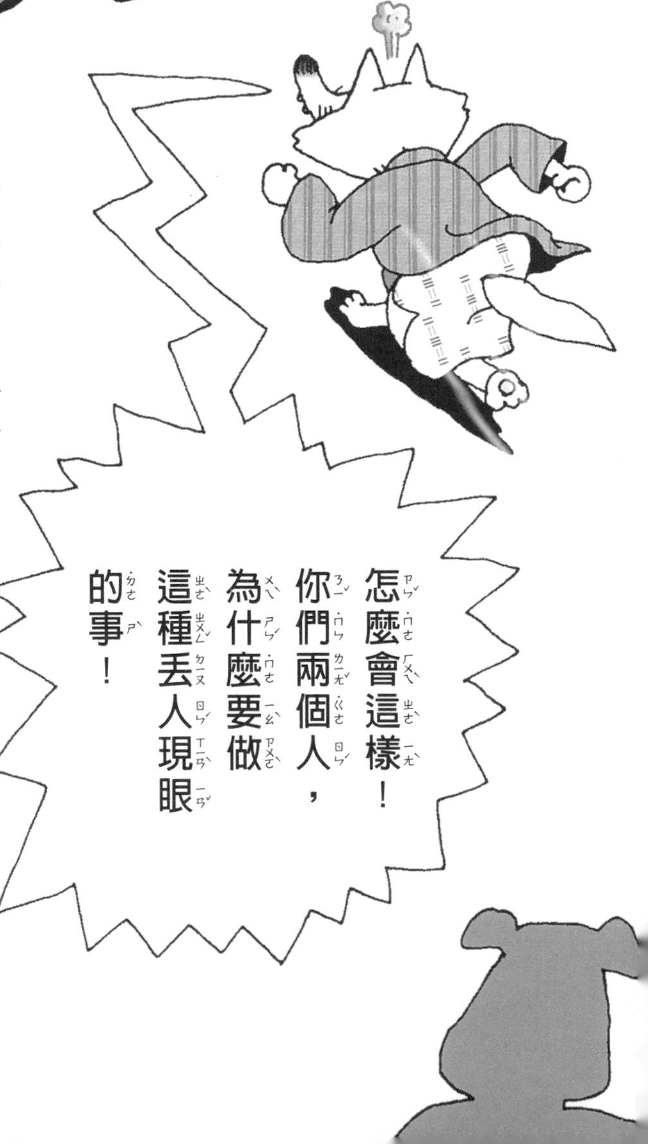
怎麼會這樣！你們兩個人，為什麼要做這種丟人現眼的事！

但是，佐羅力看著伊豬豬和魯豬豬的表情卻帶著笑容。

「成功了，你們太厲害了，幹得好。你們等我發出暗號，就趕快帶著頭像逃走。」

佐羅力小聲的對伊豬豬和魯豬豬說，還對他們使了一個眼色。

「來，趕快向老闆道歉，
把黃金獅子還給人家。」
佐羅力假裝很生氣，

從伊豬豬他們的手上
把黃金獅子搶了過來。

但是，他立刻覺得不對勁。

「嗯？為、為什麼？」

佐羅力突然皺起了眉頭。

就在這時，

旅館老闆喵嗚手上拿著繩子，走了過來。

「剛才的警鈴聲，已經向山下的警察報了案，但我們這座旅館位在深山，警察恐怕要五、六個小時後才能趕到這裡，我要先用繩子把他們綁起來，以免他們逃走。」

好機會
從現在開始，正式恢復原本的書名

怪傑佐羅力之名偵探登場

文·圖 原裕　譯 王蘊潔

不，這你不必擔心，因為，我要告訴你們，這兩個人並不是真正的小偷。

佐羅力說完，把那個黃金獅子丟給了喵嗚。

旅館老闆喵嗚連忙丟開繩子，張開雙手，接住了獅子頭像，捧在手裡。

「你幹什麼？竟然亂丟我們旅館的寶物。」

「如果這個獅子頭像是用純金做的，我怎麼可能用一隻手，就輕輕鬆鬆把它丟過去呢？那是假貨。」

佐羅力像偵探一樣，斬釘截鐵的說道。

喵嗚慌忙伸出手指刮了刮黃金獅子的臉，結果發現——

——上面的鍍金被刮了下來。

大家都看到了——

佐羅力聽到有人這麼輕聲

什麼！怎、怎麼會是假的？
怎麼會有這種荒唐的事？

嘀咕著。

原來是打掃的大叔。

老闆，真的很抱歉，
我剛才在打掃的時候，
拖把不小心碰到獅子，
結果它就掉下來了。
我以為是我弄壞的，
慌忙去拿了快乾膠，
把它黏回去了。
我還特地把溫泉湯屋的門鎖上了，
避免在黃金獅子黏牢之前，
有客人跑進去。

「難怪黃金獅子輕輕鬆鬆就拿下來了。」

伊豬豬說。

「這麼說，黃金獅子是在清掃之前就已經被調了包。真希望小偷留下了什麼線索。」

小喵左顧右盼，四處尋找小偷有沒有留下證據。

「你這是白費力氣。」

佐羅力冷冷的說道。

「因為，剛才這位大叔
不是已經打掃過這裡了嗎？
既然這樣，
所有的證據也統統
被他清乾淨啦。」

清掃的大叔聽了佐羅力這番話，
露出一副可憐樣說：
「真、真的很抱歉。
但是，我剛才打掃完的垃圾
都還留在垃圾桶裡。
我馬上去拿過來
給你們看。」
說完，
他馬上就衝了出去。

你們也一起來協助破案，找出誰是小偷。

各位讀者朋友，
既然現場幾乎沒有留下證據，
代表任何人都可能是偷走黃金獅子的小偷。
我們先來瞭解一下，這家旅館裡有哪些可疑人物。

溫泉旅館客人河馬

- 他離開浴池時，抱了一個滿是肥皂泡的臉盆衝了出去。搞不好黃金獅子就藏在那些肥皂泡下面……

伊豬豬和魯豬豬

- 這兩隻豬很可能假裝拿到了假的黃金獅子，然後把真正的黃金獅子藏起來……

（我們可沒那麼聰明，也沒那麼大的本事。）

溫泉旅館老闆喵嗚先生

- 旅館老闆為黃金獅子投了四億圓的保險。只要確定獅子被偷，就可以領到一筆為數可觀的保險金。會不會是為了領取保險金而犯罪呢？

怎麼樣？
本大爺又蒐集到不少新消息，
你們要仔細看，
好好推理。

從現在開始，
佐羅力要變身成為名偵探囉！

小偷到底是誰？

清掃大叔

他在打掃的時候只有他一個人而已。他有足夠的時間偷了黃金獅子，再用假貨調包。現在他假裝去拿垃圾，其實搞不好已經逃之夭夭了……

溫泉旅館客人胖豬

我們進去溫泉浴池的時候，他慌慌張張的鑽到水裡去了，這個舉動實在令人匪夷所思。

旅館老闆的兒子小喵

他很希望把旅館變成小孩也能玩得很開心的溫泉遊樂園。一旦黃金獅子不見了，他的夢想也可以……

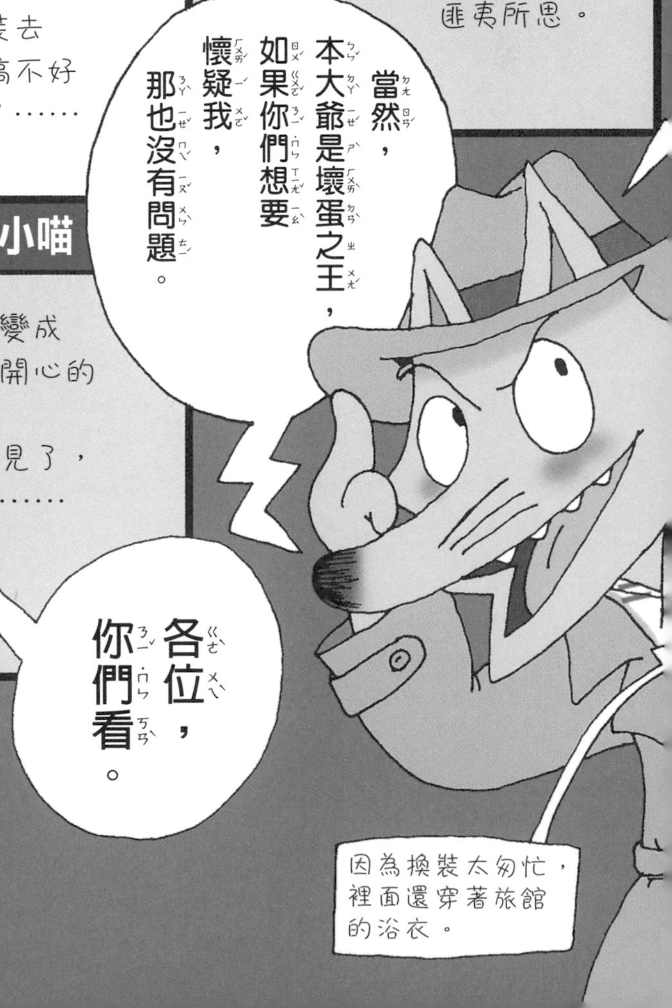
當然，本大爺是壞蛋之王，如果你們想要懷疑我，那也沒有問題。
各位，你們看。
因為換裝太匆忙，裡面還穿著旅館的浴衣。

「這是什麼東西？喵？」

小喵在岩石的凹洞處，
發現白色的粉末。

這種時候，
即使再微不足道的線索，
也可能是破案關鍵。

大家都聚集在小喵的周圍，
想要知道那些粉末
到底是什麼東西。

就在這時，
佐羅力眼尖的發現，
原本拿著行李袋，
站在門口附近的河馬，
正慢慢的、
一步一步的往後退，
想要趁亂溜出去。

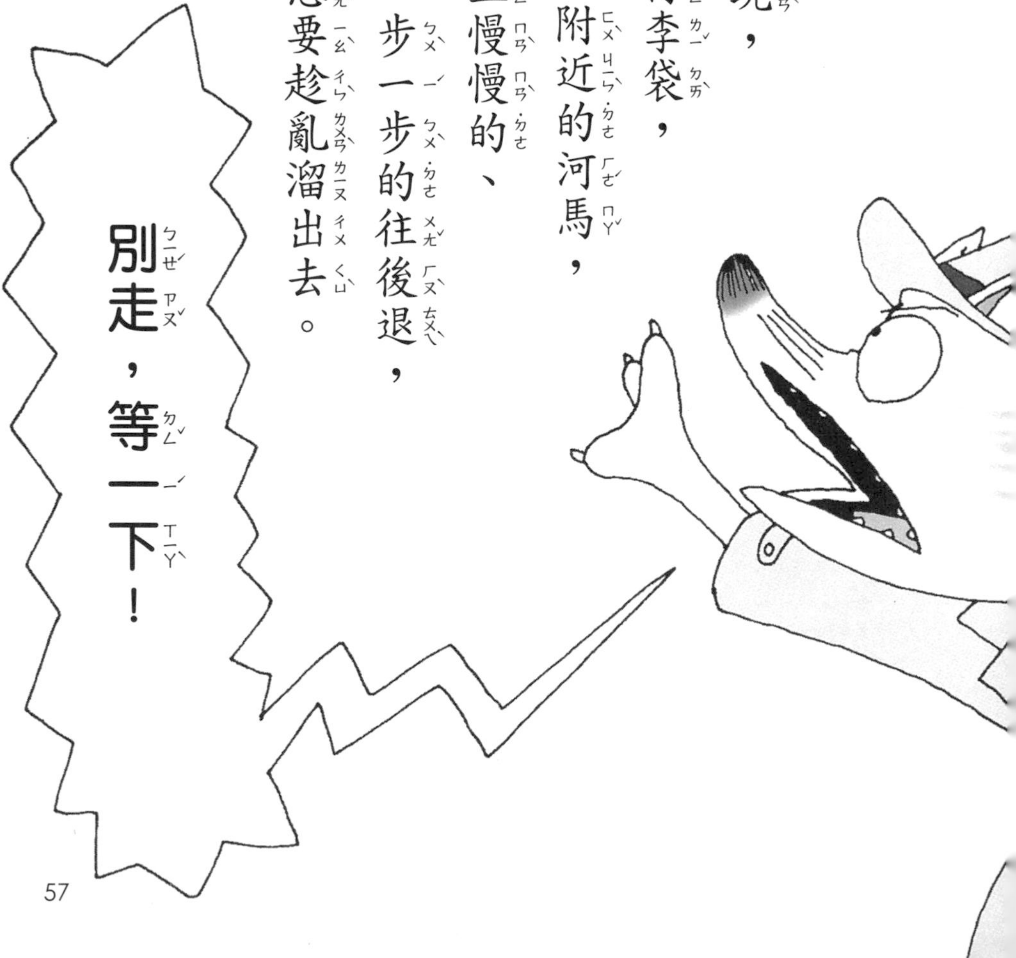

「你現在想要離開這裡的話，
等於在說自己就是偷走黃金獅子的小偷。」
聽到佐羅力的命令，

伊豬豬和魯豬豬立刻抓住河馬，
把他拉了過來。
「如果我沒猜錯，
這個行李袋裡裝了
黃金獅子吧？」
佐羅力大聲質問。

「不、不是的，怎、怎麼可能有那種東西嘛。」

「好傢伙，你還在裝糊塗。」

佐羅力一把搶過行李袋，打開拉鏈，把裡面的東西倒出來——

——沒想到從裡面倒出了很多折得整整齊齊的衣服。

「這、這是怎麼回事！」

佐羅力驚訝的問。

「真的很抱歉，

我知道溫泉旅館嚴格禁止大家在湯屋裡洗衣服，

但我不小心洗了那麼多衣服。

我下次一定不敢再這麼做了，請你們原諒我。」

河馬深深的向大家鞠躬道歉。

「原來是這樣，那我知道了。那些白色粉末是洗衣粉。」小喵得意洋洋的說。

「哼，我還以為可以根據這條線索破案呢。」佐羅力咂嘴說道，這時，伊豬豬好像有了什麼新發現。

在原本鑲有黃金獅子的位置下方，綁了一根很細、很細的釣魚線。那條釣魚線一直延伸到溫泉的熱水中。

「喔，原來小偷把東西藏在這裡了。到底是誰幹的？坦白從寬，趕快自己報上名來。」

佐羅力厲聲威脅道——

——旅館的客人胖豬嚇得垂頭喪氣的走了出來。

「因為我在泡溫泉的時候，你們幾個突然闖了進來，當時我太緊張了，就慌忙把東西藏在那裡了。請你們原諒我。」

「果然就是你那個時候做的，
我就知道當時的情況
不太對勁。」
佐羅力說道。

「破案了，
真相終於大白了。」
伊豬豬得意的
把那條釣魚線拉了起來。
沒想到……

……釣魚線的另一端，綁了一個網袋，裡面大約裝了十個雞蛋。

對不起。因為難得來溫泉泡湯，所以，我很想試試做溫泉蛋……我知道，旅館有規定不能帶食物到溫泉湯屋來，但我一時大意，破壞了規定。

溫泉蛋

- 用溫泉的熱水把雞蛋加熱，由於蛋黃凝固的溫度比蛋白低，所以，可以做出蛋黃已經熟了，但蛋白仍然稠稠的，這種就叫做溫泉蛋。

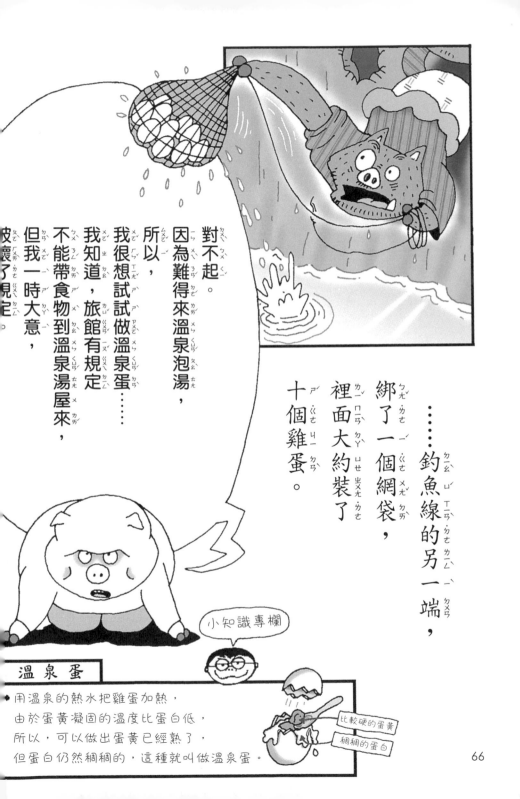

「溫泉蛋看起來很好吃的樣子。」

伊豬豬流著口水說。

「請你們盡情享用，

作為我向大家道歉的誠意。」

聽到胖豬這麼說，

只有貪吃鬼伊豬豬和魯豬豬樂不可支。

其他人發現黃金獅子仍然下落不明，

都忍不住垂頭喪氣。

就在這時……

……清掃大叔抱著垃圾桶跑回來了。

你們看看，這裡面有沒有什麼可以成為線索的東西？

他把垃圾桶裡的東西都倒了出來，結果倒了滿地的碎石塊和泥土。

佐羅力看了，說：

啊！

根據我的研判，小偷絕對是從外面溜進來的。
但是，所有的窗戶都鎖住了，喵，除了大門以外，根本沒有其他地方可以從外面進來，喵。

清掃大叔似乎想起了什麼事。

「我想起來了。這些泥土和碎石子，原本都掉在黃金獅子所在的那塊岩石的周圍。」

「你說什麼！」

佐羅力從垃圾堆裡撿起一塊小碎石，
仔細端詳著。

「嗯，這塊石頭上確實有鑿子的痕跡，
但是，如果只是把那個黃金獅子敲下來，
怎麼會有那麼多碎石頭呢？」

佐羅力感到很納悶，
他想了想，
決定回到原本鑲住黃金獅子的岩石上
好好調查一下。

① 佐羅力趴在岩石上，
檢查了很久，
終於發現一條裂縫。

② 他將手伸進裂縫裡，
發現岩石可以移動，搬開岩石，
裡面竟然有一個洞。

③「我去看看可以通到哪裡。」
魯豬豬跳進洞裡，

④但是，他屁股卡住了，無法進去。
「哼，真傷腦筋，這麼慢吞吞的，
可能會讓小偷逃走了。」
佐羅力咬緊嘴唇說。

我應該可以進去。
小喵說完，接著就很有活力的跳進了洞裡。
所有的人都屏住呼吸，靜靜的等待消息……
噗通
但是，過了很久，小喵還是……
……
……

沒有回來。
小喵，你沒事吧——
聽到趕快回答——
過了很久，隱隱約約
喂！
不知道從哪傳來了小喵的聲音。
咦，聲音好像不是從這裡傳來的。
他人在外面！
佐羅力立刻跑到窗戶旁，向外面張望……

……小喵在隔壁那家旅館的院子裡對著他們揮手。

佐羅力聽了二話不說，
立刻衝到
隔壁那家旅館去。

他們來到戶外時，
聽到麻雀在啾啾叫，
天色不知道
什麼時候
已經大亮了。

佐羅力他們衝進了隔壁那家旅館後，直奔院子，發現山茶花樹旁被人挖了一個大洞。

「小偷一定就是住在這家旅館的客人，要逐一清查住在這裡的所有客人。」佐羅力要求旅館的老闆娘，不能讓昨天投宿在這裡的任何客人離開。

「你說得太晚了，剛才已經有一位客人離開了。」

「什麼？你說什麼？」

佐羅力臉色鐵青，立刻又衝出了旅館。

那個客人正拉著沉重的行李，沿著坡道，走向公車站。

「喂，等、等、等一下。」

聽到佐羅力的叫聲，那個客人轉過頭，原來是昨天和他們一起搭公車的鼠帝。

「是佐羅力啊，請問有什麼事嗎？」

「冒昧請教一下，可不可以請你告訴我，

你昨天晚上做了什麼事？」

「我昨天也跟你說了，因為今天要早起，
所以，昨晚泡了溫泉之後，就上床睡覺了，
一直睡到剛剛才起床。」

「是嗎？你的行李好像比昨天重，
難道是我的錯覺嗎？」

佐羅力的眼睛
很快的
亮了起來。

「你誤會了，
這是我買的伴手禮。
啊，
公車快來了，
我得先走一步。」
鼠帝慌慌張張的
想要離開。

「我猜想應該是閃著黃金光芒的
伴手禮吧。伊豬豬、魯豬豬，

你們去檢查一下吧。」
佐羅力一聲令下，
伊豬豬和魯豬豬
立刻跑向鼠帝，
用力拉開了
他的行李箱
拉鏈。
結果，
從裡面——

咕咚咕咚咕咚——
不計其數的
溫泉饅頭從鼠帝
的行李箱裡滾了出來。
「啊呀啊呀，
我費了好大的工夫才裝進去的。
我的家人聽說這裡的
溫泉饅頭很好吃，
所以叫我多帶一點回家。」

「真、真對不起。」

佐羅力他們趕緊把滾落在地上的溫泉饅頭塞回了行李箱。

「哈哈哈，每個人都會有犯錯的時候。喔，公車已經來了，那就後會有期了。」

鼠帝和佐羅力握手後，快步走向公車站。

「好吧，那我再回去調查其他客人。」

佐羅力轉身想要回旅館去，
卻突然發現自己的右手上
沾滿了泥巴。

「啊，我剛才
和鼠帝握了手，
如果他
昨天晚上
泡了溫泉後，

就上床睡覺，他的手上絕對不可能會有這麼多的泥巴。他一定是用那隻手挖洞的！」

佐羅力急忙回頭看。

沒想到鼠帝已經拉著
沉重的行李，
一步一步走上公車的階梯。
「真奇怪，如果行李箱裡
只裝了溫泉饅頭，
照理說不會那麼重，我猜想十之八九，
那裡面……」
佐羅力正想追過去，
但他發現鼠帝只要

再走上一級階梯，

車門就會關上，公車要開走了。

「糟了，這樣恐怕會被他逃走。」

佐羅力馬上撿起旁邊的石頭，

用力朝

鼠帝的方向

丟了過去。

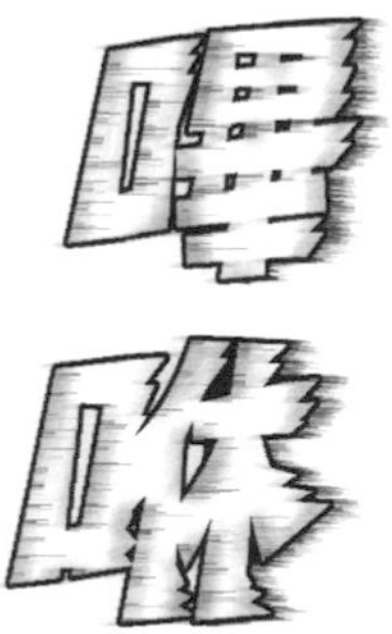

石頭不偏不倚，剛好打中了鼠帝的手，他鬆開了手上的行李。

行李箱順著公車的階梯滾了下來，重重的撞到地面，藏在無數溫泉饅頭中，閃著金色光芒的黃金獅子頭從行李箱裡掉了出來。

「我果然沒有猜錯，那傢伙就是小偷！」佐羅力大叫。

晨曦中，隱約傳來了警車的警笛聲。

「他就是偷走黃金獅子的小偷，喵。」小喵把被繩子五花大綁的鼠帝交給了警察。

「啊喲，這不是在世界各地
大偷特偷的鼠帝嗎？
小朋友，你立下了大功喔。」
警察稱讚小喵。
小喵說：
「不是我，不是我，
是那個人抓到這個小偷的，喵。」
順著他手指的方向看去，
那裡只剩下三件剛脫下的浴衣而已。

聽說那個鼠帝是偷遍世界各地的國際大盜耶。佐羅力大師，我覺得你應該可以獲頒警察局長獎。
你這個笨蛋，我們也正遭到通緝，如果，還傻傻的留在那裡，也會一起被關進大牢裡去。
當然沒忘了把溫泉蛋和溫泉饅頭也都帶在路上吃。
喵喵溫泉

話說回來，原本希望還可以再多泡一下溫泉呢！
佐羅力大師，你的推理能力真不是蓋的，實在讓人佩服啊。名偵探的名號非你莫屬。
對不起啊，佐羅力這孩子擅自把書名改掉了。
佐羅力媽媽的幽靈
對啊，真會找麻煩！
作者 原裕

●作者簡介

原裕 Yutaka Hara

一九五三年出生於日本熊本縣，一九七四年獲得KFS創作比賽「講談社兒童圖書獎」，主要作品有《小小的森林》、《手套火箭的宇宙探險》、《寶貝木屐》、《小噗出門買東西》、《我也能變得和爸爸一樣嗎?》、【輕飄飄的巧克力島】系列、【膽小的鬼怪】系列、【菠菜人】系列、【怪傑佐羅力】系列、【鬼怪尤太】系列、【魔法的禮物】系列等。

●譯者簡介

王蘊潔

專職日文譯者，旅日求學期間曾經寄宿日本家庭，深入體會日本文化內涵，從事翻譯工作至今二十餘年。熱愛閱讀，熱愛故事，除了或嚴肅或浪漫、或驚悚或溫馨的小說翻譯，也從翻譯童書的過程中，充分體會童心與幽默樂趣。曾經譯有《白色巨塔》、《博士熱愛的算式》、《哪啊哪啊神去村》等暢銷小說，也譯有【魔女宅急便】系列、【小小火車向前跑】系列、《大家一起來畫畫》、《大家一起做料理》【大家一起玩】系列等童書譯作。

臉書交流專頁：綿羊的譯心譯意。

國家圖書館出版品預行編目資料

怪傑佐羅力之名偵探登場
原裕 文、圖；王蘊潔 譯 --
第一版. -- 台北市：天下雜誌, 2013.05
92 面；14.9x21公分. --（怪傑佐羅力系列；24）
譯自：かいけつゾロリのめいたんていとうじょう
ISBN 978-986-241-705-8（精裝）
861.59　　　102006886

かいけつゾロリのめいたんていとうじょう
Kaiketsu ZORORI series vol.27
Kaiketsu ZORORI no Meitantei Toujou

First published in Japan in 2000 by POPLAR Publishing Co., Ltd.
Traditional Chinese translation rights arranged with POPLAR Publishing Co., Ltd.
through Future View Technology Ltd., Taiwan

怪傑佐羅力系列 24

怪傑佐羅力之名偵探登場

作者｜原裕
譯者｜王蘊潔
責任編輯｜黃雅妮
特約編輯｜游嘉惠
美術設計｜蕭雅慧

天下雜誌群創辦人｜殷允芃
董事長兼執行長｜何琦瑜
兒童產品事業群
副總經理｜林彥傑
總編輯｜林欣靜
主編｜陳毓書
版權主任｜何晨瑋、黃微真

出版者｜親子天下股份有限公司
地址｜台北市 104 建國北路一段 96 號 4 樓
電話｜（02）2509-2800
傳真｜（02）2509-2462
網址｜www.parenting.com.tw
讀者服務專線｜（02）2662-0332
週一～週五：09:00~17:30
讀者服務傳真｜（02）2662-6048

客服信箱｜parenting@cw.com.tw
法律顧問｜台英國際商務法律事務所・羅明通律師
製版印刷｜中原造像股份有限公司
總經銷｜大和圖書有限公司
電話｜（02）8990-2588

出版日期｜2013 年 5 月第一版第一次印行
2022 年 12 月第一版第十八次印行
定價｜250 元
書號｜BCKCH061P
ISBN｜978-986-241-705-8（精裝）

訂購服務
親子天下 Shopping｜shopping.parenting.com.tw
海外・大量訂購｜parenting@cw.com.tw
書香花園｜台北市建國北路二段 6 巷 11 號
電話｜（02）2506-1635
劃撥帳號｜50331356 親子天下股份有限公司

親子天下
有聲故事書

每讀新聞

偷遍世界各地的大盜鼠帝打算偷竊獅子溫泉旅館的知名寶物黃金獅子！

深受矚目的黃金獅子

抓到小偷之後，才發現這名小偷是偷遍世界各地的大盜鼠帝，警方也大吃一驚。

據說，當時佐羅力也曾出現。

喵喵溫泉的獅子旅館內，最引人矚目的黃金獅子差一點被人調包偷走，換成了假貨。

雖然在一位當天投宿旅館的客人協助下，得以順利找回了真正的黃金獅子，但事態曾經相當嚴重，一度所有住宿在該旅館內的客人，都被懷疑可能是行竊的小偷。

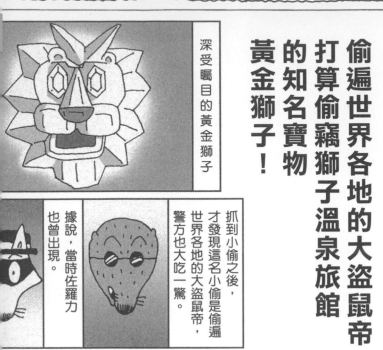

獅子旅館老闆——喵嗚的說法

「啊喲，真是把我嚇壞了，雖然我們用了各種方法防止遭竊，沒想到還是發生了這種事；不過也因此引起了廣泛討論，很多人都想親眼目睹差一預約住宿，我們簡直忙壞了，但也很高興。我很想感謝那位幫我們找回獅子的客人，但他不知道什麼時候離開了。」

鼠帝的說法

「是佐羅力抓住了我，我原本想欺騙佐羅力，打算把偷竊的罪名嫁禍給他們，然後，再逃之夭夭，沒想到自己反而先行落網了。看來我太低估佐羅力了。」

鼠帝被關進大牢前，說了這番話。如果他說的話屬實，就代表兩大通緝犯，曾經同時出現在那家旅館附近。假使警方早一步趕到的話，想必就可以